DESCRIPTION

DU CHATEAU

DE PIERREFONDS

PAR

M. VIOLLET-LE-DUC

ARCHITECTE DU GOUVERNEMENT

QUATRIÈME ÉDITION

ENTIÈREMENT REFONDUE

PARIS

A. MOREL, ÉDITEUR

RUE BONAPARTE, 13.

1865

OUVRAGES DU MÊME AUTEUR

DICTIONNAIRE RAISONNÉ DE L'ARCHITECTURE FRANÇAISE DU XIe AU XVIe SIÈCLE.

Prix des 7 volumes publiés, contenant 3165 bois gravés.

1er volume.................... 21 fr.

2e, 3e et 4e volume, chacun.................... 2[illegible] fr.

5e volume.................... 2[illegible] fr.

6e volume.................... 2[illegible] fr.

7e volume.................... [illegible] fr.

Ensemble.................... [illegible]

Édition de luxe, tirée à 100 exemplaires sur papier jésus grand [illegible]

7 volumes.................... 308 fr.

Les trois volumes qui restent à publier, dont un de tables, paraîtront par fascicules brochés de 100 pages environ.

DICTIONNAIRE RAISONNÉ DU MOBILIER FRANÇAIS, DE L'ÉPOQUE CARLOVINGIENNE A LA RENAISSANCE. En vente la première partie : *Meubles*.

1 vol. in-8, contenant 442 pages de texte, dans lequel sont intercalés plus de 220 bois, 4 vignettes gravées sur acier, 17 gravures sur bois imprimées à part, et 7 chromolithographies. — Prix.................... 45 fr.

Édition de luxe, tirée à 100 exemplaires numérotés de 1 à 100, sur papier jésus grand in-8. — Prix.................... 75 fr.

La 2e partie, qui formera également 1 volume, comprendra les *ustensiles, outils, instruments, orfèvrerie, habits, armes*, etc.

ENTRETIENS SUR L'ARCHITECTURE. La première partie, comprenant les dix premiers entretiens, se compose :

1° D'un volume broché de 61 feuilles in-8, dans lequel sont intercalés 97 [illegible] et 10 dessins tirés hors texte.

2° D'un atlas petit in-folio oblong, en carton, contenant 18 planches gravées sur acier.

Prix.................... [illegible]

La deuxième partie se composera de 10 à 12 entretiens. Le prix de chaque entretien sera fixé au moment de la mise en vente.

DESCRIPTION DU CHATEAU DE COUCY, nouvelle édition entièrement [illegible]

Brochure in-8, illustrée de 5 vignettes gravées sur bois.................... 1 [illegible]

LETTRES SUR LA SICILE, à propos des événements de juin et juillet 1860, in-8, illustrées de 10 dessins gravés sur bois et d'une carte de la Sicile. Prix.... 3 fr. 50

LETTRES ADRESSÉES D'ALLEMAGNE à M. Adolphe Lance, architecte, opinions ou observations sur l'Architecture et les Monuments de ces diverses contrées. In-8 de 101 pages.................... 2 fr.

PARIS. — IMPRIMERIE DE E. MARTINET, RUE MIGNON, 2.

Ruines du château de Pierrefonds.

DESCRIPTION

DU CHATEAU

DE PIERREFONDS

PAR

M. VIOLLET-LE-DUC

ARCHITECTE DU GOUVERNEMENT

QUATRIÈME ÉDITION

ENTIÈREMENT REFONDUE

PARIS

A. MOREL, ÉDITEUR

RUE BONAPARTE, 13.

1865

Paris. — Imprimerie de E. Martinet, rue Mignon, 2.

DESCRIPTION

DU CHATEAU

DE PIERREFONDS

Le château actuel de Pierrefonds ne date que des premières années du xve siècle. L'ancien château s'élevait sur le coteau situé au-dessus du prieuré, au point où se voit aujourd'hui une ferme d'une assez grande étendue. Ce premier château avait été construit avec les débris d'une maison royale située au chêne Herbelot, et qui, dans les anciennes chroniques, est nommée *Palladium casuum*. En l'an 855, le roi Charles le Chauve y passa quelque temps. Cette résidence ayant été détruite, les châtelains du *Chêne* choisirent un lieu propre à être fortifié, et assirent la nouvelle forteresse au-dessus du prieuré. Les biens de la maison du *Chêne* furent partagés entre les seigneurs de Bérogne et de Pierrefonds. Nivelon Ier trouva les choses en cet état lorsqu'il hérita de la seigneurie de Pierrefonds, par suite de la mort de son père. Ce seigneur rebâtit l'église du prieuré (1) (paroisse actuelle du bourg), accrut singulièrement son domaine, et la sei-

(1) Il ne reste des constructions de l'église bâtie par Nivelon que des soubassements et une crypte. Nivelon Ier mourut vers 1072.

gneurie de Pierrefonds fut érigée en pairie. Du temps de Philippe-Auguste, le nombre des pairs, seigneurs de Pierrefonds, dépassait soixante. Cette ancienne maison s'éteignit par la mort d'Agate de Pierrefonds, et les grands biens de cette dame furent divisés en trois parts : les Cherisis eurent la première, les Châtillon la seconde, et les descendants de Jean Ier de Pierrefonds, fils de Nivelon Ier, la troisième. Philippe-Auguste acheta de Nivelon, évêque de Soissons, en 1181, tous les droits seigneuriaux que ce prélat possédait par suite du partage, et il installa, pour régir le domaine, des prévôts qui exerçaient en même temps les fonctions de juges et de receveurs. En 1215, le roi abandonna aux religieux de Saint-Sulpice une grande partie des bâtiments du château, et augmenta leurs priviléges. Depuis lors, jusqu'aux dernières années du XIVe siècle, il n'est fait nulle mention du château et du domaine de Pierrefonds dans l'histoire.

En 1390, Louis, duc d'Orléans, frère du roi Charles VI, se prétendant frustré de ses droits de régent ou de tuteur des affaires du royaume, songea à prendre ses sûretés. Il fit bâtir dans son duché de Valois des places fortes importantes ; il acquit le château de Coucy et le rebâtit en partie ; fit réparer ceux de Béthisy, de Crespy et de Montépilloy ; fit reconstruire celui de la Ferté-Milon, le petit château de Véez, le manoir de la Loge-Lambert, et, laissant les religieux de Saint-Sulpice jouir paisiblement du vieux domaine de Pierrefonds, il choisit une nouvelle assiette plus facile à défendre, entre deux vallons, pour élever le magnifique château que l'on admire aujourd'hui.

La bonne assiette du lieu n'était pas la seule raison qui dût déterminer le choix du duc d'Orléans.

Si l'on jette les yeux sur la carte des environs de Compiègne, on voit que la forêt du même nom est environnée de tous côtés par des cours d'eau, qui sont : l'Oise, l'Aisne, et les deux petites rivières de Vandi et d'Automne.

Pierrefonds, appuyé à la forêt vers le nord-ouest, se trouvait ainsi commander un magnifique domaine, facile à garder sur tous les points, ayant à sa porte une des plus belles forêts des environs de Paris. C'était donc un lieu admirable, pouvant servir de refuge et offrir les plaisirs de la chasse au châtelain. La cour de Charles VI était très-adonnée au luxe, et parmi les grands vassaux de ce prince, Louis d'Orléans était un des seigneurs les plus magnifiques ; aimant les arts, éclairé, ce qui ne l'empêchait pas d'être plein d'ambition et d'amour du pouvoir; aussi voulut-il que son nouveau château fût à la fois une des plus somptueuses résidences de cette époque, et une forteresse construite de manière à défier toutes les attaques.

Monstrelet en parle comme d'une place du premier ordre et d'un lieu admirable.

En 1411, lorsque après l'assassinat du duc d'Orléans, les partisans du prince étaient poursuivis, à l'instigation du duc de Bourgogne, le malheureux Charles VI envoya le comte de Saint-Pol en Valois pour prendre possession des places de son neveu. Après la reddition de Crespy, le comte de Saint-Pol « s'en alla au chastel de Pierrefonds, dit Monstrelet, qui » estoit moult fort deffensable et bien garny et remply de » toutes choses appartenans à la guerre : et luy là venu se » print à parlementer avec le seigneur de Boquiaux qui en » estoit capitaine : et enfin fut le traicté faict parmy ce que » ledit comte luy feit donner pour ses fraiz par le roy deux

» mille escus d'or, et avec ce emportèrent luy et ses gens » tous leurs biens. » Plus tard, le château fut rendu au duc Charles d'Orléans, et Boquiaux en reprit le commandement. Le comte de Saint-Pol n'abandonna la place toutefois qu'en y mettant le feu. Le duc d'Orléans répara les dommages.

En 1420, le château de Pierrefonds, dont la garnison était dépourvue de vivres et de munitions, ouvrit ses portes aux Anglais. Nous voyons qu'en 1422 cette place tenait pour le dauphin. Pierre de Fenin raconte comme quoi le seigneur d'Offemont, ayant rendu la ville de Saint-Riquier au duc Philippe de Bourgogne, en échange du seigneur de Conflans, de messires Rigault de Fontaines, Gilles de Gamache, Pothon de Xaintrailles et Loys Burnel, s'en alla à « Pierrefois (Pierrefonds), qui pour lors estoit en sa main. » Or le seigneur d'Offemont tenait le parti du dauphin.

Louis XII, étant duc d'Orléans, fit faire quelques réparations au château de Pierrefonds ; toutefois il est à croire que ces derniers travaux ne consistaient guère qu'en ouvrages intérieurs, en distribution d'appartements, car la masse imposante des constructions appartient tout entière au commencement du xve siècle.

Le château de Pierrefonds est à la fois une forteresse du premier ordre et une résidence renfermant tous les services destinés à pourvoir à l'existence d'un grand seigneur et d'une nombreuse réunion d'hommes d'armes.

Sa force ne consistait pas seulement dans l'épaisseur et la hauteur de ses murs, dans les bons flanquements des tours, mais en une suite d'ouvrages extérieurs que rendait nécessaire l'invention de l'artillerie à feu, déjà prépondérante dans l'art de la guerre. Le château proprement dit est établi à l'extrémité d'un promontoire formé par le plateau du Soissonnais qui, sur ce point, est profondément érosé par des vallées. Le point extrême de ce promontoire, bien qu'élevé de 25 mètres au-dessus des deux vallons, est en contre-bas du niveau du plateau de 20 mètres environ, de telle sorte que ce plateau commande l'assiette du château. D'ailleurs, à 250 mètres de la forteresse, le promontoire s'élargit brusquement et, se réunissant à d'autres escarpements, forme deux amphithéâtres, qui semblent disposés tout exprès pour permettre d'entourer le château d'un demi-cercle de feux.

Il était donc très-important de commander le plateau, ces deux amphithéâtres, et de séparer l'extrémité du promontoire de la plaine élevée à laquelle il se soude largement.

Toutefois, au moment où Louis d'Orléans élevait le château de Pierrefonds, les armées ne traînaient point avec elles une artillerie à longue portée. Les bouches à feu que possédaient les corps en campagne n'étaient que des pièces de petit calibre, en fer forgé, ou quelques bombardes courtes, que l'on chargeait avec des boulets de pierre, dont le tir était parabolique et la portée faible. Pour préserver, au commencement du xve siècle, le château des atteintes de cette artillerie, il n'était pas nécessaire d'étendre très-loin les ouvrages extérieurs, et si l'on trouve des traces de ces ouvrages au point où le promontoire se réunit à la plaine, c'est qu'on avait voulu commander celle-ci et se ménager les moyens, en cas d'attaque, de conserver autour de la forteresse un rayon assez étendu. Ces défenses contre la plaine opposées par conséquent au point d'où les attaques pouvaient être dirigées, se composaient d'une série de cavaliers isolés, qu'on appelait alors des boulevards, se commandant les uns les autres du dedans au dehors.

De ces cavaliers, le plus rapproché du château, commande les autres et est lui-même enfilé par les pièces que l'on mettait en batterie sur l'esplanade en avant du front méridional de la forteresse. Cette esplanade est séparée de la gorge du promontoire par un large fossé coupé à main d'homme dans la roche et le sable argileux très-compacte, composant ces terrains.

1

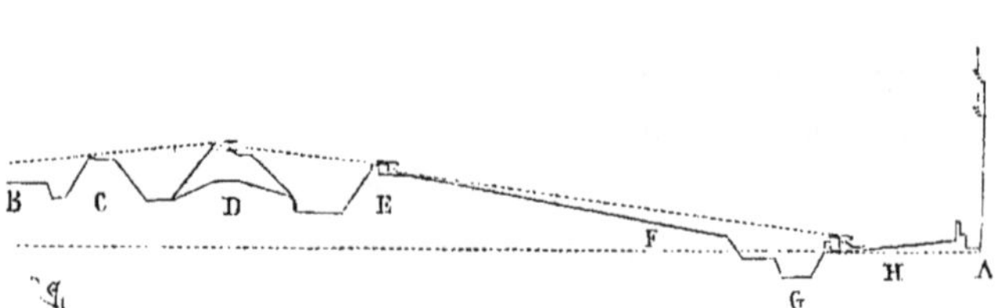

Fig. 1.

Un profil en long, figure 1, pris perpendiculairement au front du château qui se présente vers le plateau, fera comprendre le système admis pour les défenses extérieures opposées au côté attaquable. A est le pied du château au niveau du pont-levis, B, le niveau du plateau. En C est un premier boulevard légèrement convexe comme une demi-lune très-ouverte et dont les extrémités touchent aux escarpements du promontoire aux points où ils commencent à se prononcer. En D est un second boulevard séparé du premier par une route. Ce second boulevard présente une courbe plus fermée que le premier, s'abaisse sensiblement vers son milieu et est épaulé par deux cavaliers dominant toute la demi-lune extérieure, la plaine et les deux escarpements.

Ainsi, le troisième boulevard E enfile le premier boulevard C et prend en écharpe les deux cavaliers du second boulevard D. En G est creusé le fossé dont nous avons parlé plus haut et en H est établie l'esplanade inclinée, qui permet de poser des pièces en batterie pour enfiler tout l'espace E, F. On a profité de la configuration naturelle du sol pour élever ces ouvrages, fort dégradés il y a quelques années, mais en partie rétablis aujourd'hui. A partir des deux cornes du premier boulevard C, commencent des clôtures qui maintiennent l'escarpement du promontoire dont le relief est d'autant plus prononcé qu'on s'avance vers le château. Ces clôtures latérales sont élevées à mi-côte, renforcées de contre-forts et forment des redans qui présentent autant de flanquements. Quant au château lui-même, il est établi sur une sorte de plate-forme. En voici, figure 2, le plan, à rez-de-chaussée (sur la cour), avec les ouvrages extérieurs les plus rapprochés. Le bas de notre figure donne l'extrémité du promontoire plongeant sur le bourg et sur les deux vallons qui s'étendent à droite et à gauche. Vers le point A, le promontoire s'élève, s'élargit et, à 200 mètres de là environ, se soude à la plaine élevée qui s'étend jusqu'à la forêt de Villers-Cotterets. On voit en BB' les murs de soutènement bâtis à mi-côte qui se prolongent jusqu'au premier boulevard et qui sont munis de contre-forts, ainsi que de redans flanquants. Ces fronts battent les deux vallons en suivant la déclivité du promontoire.

En C est une poterne avec caponnière *c*. Cette poterne s'ouvre sous le rempart formant mur de soutènement. Outre cette poterne, il y avait deux entrées ménagées dans les

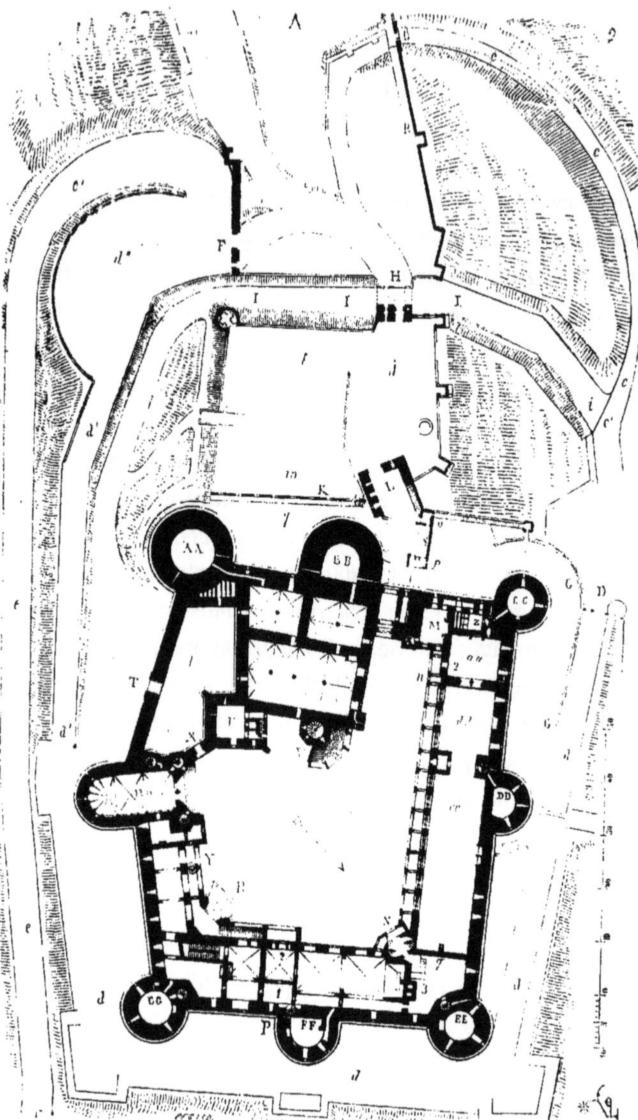

Fig. 2.

ouvrages extérieurs du château; l'une en D, l'autre en E. Ces deux entrées s'ouvraient en face d'anciennes rues du bourg de Pierrefonds et qui existent encore. L'entrée D est commandée par un gros boulevard G, entièrement construit en pierre et servant d'assiette à l'angle ouest du château. Par le chemin *d d'* on arrive, en montant une rampe inclinée de 5 centimètres par mètre en moyenne, à la barbacane *d''* et à la porte F, munie d'une poterne. De l'entrée E, en gravissant la rampe *e e'*, on arrive également à la porte F. Cette porte se relie avec les murs de soutènement B' qui défendent de ce côté le flanc du promontoire.

Ayant franchi la porte F, on arrive au pont-levis H qui permet de traverser le fossé I, lequel sépare absolument le plateau de l'assiette du château et est indiqué en G dans la figure 1. Ce fossé se détourne en *i*, son fond est élevé de 5 à 6 mètres au-dessus du point *c'*. Ayant traversé le pont-levis H, on arrive sur l'esplanade *j*, laquelle est presque de niveau, tandis que sa partie *l* est inclinée de *m* en *l*. Cette esplanade est entourée de murs avec échauguettes flanquantes, et est séparée du pied du château par une fausse braie K en pierres de taille. Un châtelet L masque l'entrée du château qui consiste en une porte et poterne fermées par des ponts-levis. Mais outre les ponts-levis, entre la pile *o* et la pile *p* passe un large et profond fossé dallé avec soin, et ces deux piles ne sont reliées que par un plancher que l'on pouvait supprimer en cas de siége. Alors la communication entre le château et le châtelet se faisait par un chemin étroit crénelé, pratiqué sur un arc qui réunit les têtes de ces piles; passage qui était gardé par deux échauguettes avec portes. Ce passage est indiqué en *s*.

De l'échauguette *o*, on pouvait descendre par un escalier

crénelé sur le boulevard G. Deux ponts à bascule séparaient toutefois le haut et le bas de cet escalier de l'échauguette *o* et du boulevard G. Du châtelet, par une porte latérale étroite, on montait par des degrés soit sur l'esplanade, devant la fausse braie, soit sur le chemin de ronde de celle-ci. Tout l'espace *q* est pavé avec une forte déclivité, soit vers le fossé, soit vers la grosse tour d'angle, car le large fossé dallé ne commence qu'à la grosse tour centrale pour descendre par un ressaut prononcé jusqu'au niveau du boulevard G.

Maintenant, entrons dans le château. A côté de la porte charretière est une poterne qui n'a que 0^{m},60 de largeur, qui possède son pont-levis, dont le couloir se détourne sous le passage en dehors de la herse. Le passage principal est couronné par trois rangs de mâchicoulis, de telle sorte que des gens qui auraient pu parvenir à s'introduire sous ce passage, arrêtés par la herse, étaient couverts de projectiles. La herse passée, à gauche on trouve le corps de garde M qui communique avec le portique élevé en dehors de la grande salle et aux défenses supérieures par un escalier spécial.

L'entrée du portique est en *n*, car celui-ci est élevé de quelques marches au-dessus du sol extérieur et ses piles reposent sur un bahut assez élevé pour empêcher de passer de la cour sous les arcades. Ainsi, les personnes admises sous le portique étaient-elles tranquilles, sans crainte d'être interrompues par les allants et venants. Du portique on pénètre dans le vestibule *aa*, dans la première salle *dd* et dans la grande salle du rez-de-chaussée *cc*. Ce même portique donne entrée par un tambour entre les salles *dd*, *cc*, et dans l'escalier à double rampe N.

Mais, avant de décrire les services intérieurs, il est nécessaire que nous désignions les tours. Chacune d'elles est décorée, sous les mâchicoulis, d'une grande statue d'un preux, posée dans une niche entourée de riches ornements. Les statues existant encore sur les parois de ces tours ou retrouvées à leur base, ont permis de restituer leurs noms; car il était d'usage de donner à chaque tour un nom particulier, précaution fort utile lorsque le seigneur avait des ordres à faire transmettre aux officiers du château.

La grosse tour AA dépendant du donjon était la tour Charlemagne. La tour BB dépendant aussi du logis seigneurial avait nom César; celle CC du coin, Artus; celle DD, Alexandre; celle EE, Godefroi de Bouillon; celle FF, Josué; celle GG, Hector, et celle HH qui contenait la chapelle, David.

En T est une poterne relevée de 10 mètres au-dessus du sol et fermée par un pont-levis muni d'un treuil à l'aide duquel on élevait les provisions nécessaires à la garnison, jusqu'au niveau de la cour *t*, laquelle ne communiquait avec la grande cour que par la poterne X munie d'une herse et défendue par des mâchicoulis.

Le donjon du château peut être complétement isolé des autres défenses. Il comprend les deux grosses tours de César et de Charlemagne, tout le bâtiment carré divisé en trois salles et la tour carrée U. L'escalier d'honneur V, avec perron et montoirs permet d'arriver aux étages supérieurs. Le donjon était l'habitation spécialement réservée au seigneur et comprenant tous les services nécessaires : caves, cuisines, offices, chambres, garde-robes, salons et salles du réception.

Le donjon de Pierrefonds renferme ces divers services. Au rez-de-chaussée sont les cuisines voûtées, avec offices, laveries, caves et magasins. Le premier étage se compose d'une grande salle de 22 mètres de longueur sur 11 mètres de largeur, de deux salons et de deux grandes chambres dans les deux tours, avec cabinets et dépendances. Le second étage présente la même distribution. Un petit appartement spécial est en outre disposé dans la tour carrée U à chaque étage.

Le troisième étage du logis est lambrissé sous comble et contient deux appartements; les grosses tours, à ce niveau, étant uniquement affectées à la défense. Le donjon communique aux défenses du château par la courtine de gauche et par les ouvrages au-dessus de la porte d'entrée; à la chapelle, par un couloir passant au-dessus de la poterne X; aux bâtiments Y, par une galerie disposée au-dessus du portail de cette chapelle.

En R est le grand perron du château avec escalier montant aux salles destinées à la garnison, laquelle, en temps ordinaire était logée dans l'aile du nord et dans celle attenant à la chapelle, à l'est. Suivant l'usage, la grande salle basse, en temps de guerre, servait encore à loger les troupes enrôlées temporairement.

En effet, les locaux destinés à la garnison ordinaire, dans nos châteaux féodaux, ont peu d'étendue. Ceci s'explique par la composition même de ces garnisons. Bien peu de seigneurs féodaux pouvaient, comme le châtelain de Coucy au XIIIe siècle, entretenir toute l'année cinquante chevaliers, c'est-à-dire cinq cents hommes d'armes. La plupart de ces seigneurs, vivant des redevances de leurs colons, ne pouvaient en temps ordinaire conserver près d'eux qu'un nombre d'hommes d'armes très-limité. Étaient-ils en guerre, leurs vassaux devaient l'*estage*, la garde du château seigneurial pendant quarante jours par an (temps moyen). Mais il y avait deux sortes de vassaux, les hommes *liges*, qui devaient personnellement le service militaire, et les vassaux simples, qui pouvaient se faire remplacer. De cette coutume féodale il résultait que le seigneur était souvent dans l'obligation d'accepter le service de gens qu'il ne connaissait pas, et qui, faisant métier de se battre pour qui les payait, étaient accessibles à la corruption. Dans bien des cas d'ailleurs, les hommes liges, les vassaux simples ou leurs remplaçants ne pouvaient suffire à défendre un château seigneurial quelque peu étendu; on avait recours à des troupes de mercenaires, gens se battant bien pour qui les payait largement, mais au total, peu sûrs. C'était donc dans des cas exceptionnels que les garnisons étaient nombreuses. Il faut reconnaître cependant qu'à la fin du XIVe siècle et au commencement du XVe, la défense était tellement supérieure à l'attaque, qu'une garnison de cinquante hommes, par exemple, suffisait pour défendre un château d'une étendue médiocre, contre un nombreux corps d'armée. Quand un seigneur faisait appel à ses vassaux et que ceux-ci s'enfermaient dans le château, on logeait les hommes les plus sûrs dans les tours, parce que chacune d'elles formait un poste séparé, commandé par un capitaine. Pour les mercenaires ou les remplaçants, on les logeait dans la salle basse, qui servait à la fois de dortoir, de salle à manger, de cuisine au besoin et de lieu propre aux exercices. Ce qui indique cette destination, ce sont les dispositions intérieures de ces salles, leur isolement des autres services, leurs rares communications avec les défenses, le voisinage de vastes magasins propres à contenir des munitions et des armes.

Ces salles basses sont en effet ouvertes sur la cour du château, mais ne communiquent aux défenses que par les dehors ou par des postes, c'est-à-dire par des escaliers passant dans des tours. Ainsi le seigneur avait-il moins à craindre la trahison de ces soldats d'aventure, puisqu'ils ne pouvaient arriver aux défenses que commandés et sous la surveillance de capitaines dévoués. A plus forte raison les occupants de ces salles basses ne pouvaient-ils pénétrer dans le donjon que s'ils y étaient appelés. Dès la fin du XIIIe siècle, ces dispositions sont déjà apparentes, quoique moins bien tracées que pendant les XIVe et XVe siècles.

Cela s'explique. Jusqu'à la fin du XIIIe siècle, le régime féodal, tout en s'affaiblissant, avait encore conservé la puissance de son organisation. Les seigneurs pouvaient s'entourer d'un nombre d'hommes sûrs assez considérable pour se défendre dans leurs châteaux ; mais à dater du XIVe siècle, les liens féodaux tendent à se relâcher, et les seigneurs possédant de grands fiefs sont obligés, en cas de guerre, d'avoir recours aux troupes des mercenaires. Les vassaux, les hommes liges mêmes, les vavasseurs, les villages ou bourgades, rachètent à prix d'argent le service personnel qu'ils doivent au seigneur féodal, et celui-ci, qui en temps de paix trouvait un avantage à ces marchés, en cas de guerre se voyait obligé d'enrôler ces troupes d'aventuriers qui, à dater de cette époque, n'ont d'autre métier que de louer leurs services et qui deviennent un fléau pour le pays, si les querelles entre seigneurs s'apaisent.

Le duc Louis d'Orléans, construisant le château de Pierrefonds, adopta ce programme de la manière la plus complète.

Le bâtiment qui renferme les grandes salles du château de Pierrefonds occupe le côté occidental du parallélogramme formant le périmètre de cette résidence seigneuriale. Ce bâtiment est à quatre étages; deux de ces étages sont voûtés et sont au-dessous du niveau de la cour, bien qu'ils soient élevés au-dessus du chemin de ronde extérieur *d*; les deux derniers donnent un rez-de-chaussée sur la cour et la grand'salle proprement dite, au niveau des appartements du premier étage.

La salle du rez-de-chaussée a son entrée en *r*. En face de la porte *n* du portique est un banc destiné à la sentinelle (car alors des bancs étaient toujours disposés là où une sentinelle devait être postée). Il fallait donc que chaque personne qui voulait pénétrer dans la première salle *aa*, fût reconnue. De cette salle on pénètre dans une deuxième *dd*, puis dans la grande salle du rez-de chaussée *cc*. Des latrines *z* servaient à la fois au corps de garde M et aux salles du rez-de-chaussée.

Une fois casernées dans ces salles de rez-de chaussée, ces troupes étaient surveillées par la galerie d'entre-sol qui se trouve au-dessus du portique et ne pouvaient monter aux défenses que commandées. D'ailleurs ces salles sont belles, bien aérées, bien éclairées, munies de cheminées et contiendraient facilement cinq cents hommes.

L'escalier N à double vis monte au portique d'entre-sol, à la grand'salle du premier étage et aux défenses. La grand'salle du premier étage était la salle seigneuriale où se tenaient les assemblées; elle occupe tout l'espace compris entre le premier vestibule *aa* et le mur de refend *q*, auquel est adossé une vaste cheminée. Son estrade est placée devant cette cheminée; le seigneur se rendait du donjon à cette salle en passant par des galeries ménagées au premier étage des bâtiments en aile Est et Nord. L'estrade ou parquet n'était autre chose que le tribunal du haut justicier ; c'était aussi la place d'honneur dans les cérémonies, telles que, hommages, investitures ; pendant les banquets, les bals, les mascarades, etc.

On pouvait aussi du donjon pénétrer dans la grand'salle de plain-pied, en passant sur la porte du château, dans la pièce située au-dessus du corps de garde et dans le vestibule.

Si la salle basse ne communique pas directement avec les défenses, au contraire, de la grand'salle du premier, on y arrive rapidement par un grand nombre d'issues. En cas d'attaques, la garnison pouvait être convoquée dans cette salle seigneuriale, recevoir des instructions, et se répandre instantanément sur les chemins de ronde des mâchicoulis et dans les tours. A cet effet un escalier est ménagé contre les parois intérieures de la tour d'Alexandre (celle DD), du niveau de la grand'salle aux défenses supérieures.

Sur le vestibule de la grand'salle est une tribune qui servait à placer les musiciens lors des banquets et fêtes que donnait le seigneur.

De ces dispositions il résulte clairement que les salles basses étaient isolées des défenses, tandis que la grand'salle, située au premier étage, était au contraire en communication directe et fréquente avec elles ; que la salle haute ou grand'salle, était de plain-pied avec les appartements du seigneur, et qu'on séparait au besoin les hommes se tenant habituellement dans la salle basse, des fonctions auxquelles était réservée la plus haute. Ce programme, si bien écrit à Pierrefonds, jette un jour nouveau sur les habitudes des seigneurs féodaux, obligés de recevoir dans leurs châteaux des garnisons d'aventuriers.

On objectera peut-être que ces dispositions, à Pierrefonds, étaient tellement ruinées que la restauration peut être hypothétique. A cette objection nous répondrons : 1° que le mur extérieur était complétement conservé, par conséquent les hauteurs des étages; 2° que le portique était écrit par l'épaisseur du mur intérieur et par les fragments de cette structure trouvés dans les fouilles ; 3° que l'escalier voisin de la tour centrale DD, conservé, ne montant qu'à une hauteur d'entre-sol, indiquait clairement le niveau de cet entre-sol; 4° que la position de l'escalier à double degré N était donnée par le plan par terre ; 5° que les cheminées étaient encore en place ainsi que les murs de refend; 6° que les dispositions du corps de garde et des issues sont anciennes, ainsi que celles de la salle des latrines; 7° que le tambour donnant entrée dans le passage entre les salles *dd* et *cc* était indiqué par des arrachements; 8° que les pieds-droits des fenêtres hautes ont été retrouvés dans les déblais et *replacés;* 9° que les pentes des combles sont données par les filets existant le long de la tour EE. Si donc quelque chose est hypothétique dans cette restauration, ce ne pourrait être que des détails qui n'ont aucune importance.

Ces grandes salles, pendant le moyen âge, étaient richement décorées :

« Li rois fu en la sale bien painturé à liste (1). »

Non-seulement des peintures, des boiseries, voire des tapisseries, couvraient leurs parements, mais on y suspendait

(1) *Li romans de Berte aus grans piés*, ch. XCII.

des armes, des trophées recueillis dans les campagnes. Sauval (1) rapporte que le roi d'Angleterre traita magnifiquement saint Louis au Temple, lors de la cession si funeste que fit ce dernier prince, du Périgord, du Limousin, de la Guyenne et de la Saintonge.

Ce fut dans la grand'salle du Temple que se donna le banquet : « A la mode des Orientaux, « dit Sauval, » les murs » de la salle étoient couverts de boucliers; entre autres s'y » remarquoit celui de Richard, premier roi d'Angleterre, » surnommé Cœur de Lion. Un seigneur anglois l'ayant » aperçu pendant que les deux rois dînoient ensemble, aussitôt dit à son maître en riant : Sire, comment avez-vous » convié les François de venir en ce lieu se réjouir avec » vous ; voilà le bouclier du magnanime Richard qui sera » cause qu'ils ne mangeront qu'en crainte et en tremblant. »

A Pierrefonds, la grand'salle haute était décorée de peintures. La porte qui donnait dans le vestibule était toute brillante de sculptures et surmontée d'une claire-voie avec large tribune; la voûte était lambrissée en berceau et percée de grandes lucarnes du côté de la cour. La cheminée qui terminait l'extrémité opposée à l'entrée, supportait sur son manteau les statues des neuf preuses (2).

Au château de la Ferté-Milon les statues des preuses sont posées sur la paroi des tours comme le sont les statues des preux à Pierrefonds. Voici les noms des neuf preuses placées sur la cheminée de la grand'salle à Pierrefonds : Sémiramis,

(1) Tome II, p. 246.

(2) Dans les reconstructions élevées à Coucy par Louis d'Orléans il y avait la salle des preux et la salle des preuses. Ces dernières figures étaient, de même qu'à Pierrefonds, posées sur le manteau de la cheminée. (Voy. Ducereau.)

Déifemme, Lampédo, Hippolyte, Deiphile, Thamyris, Tancqua, Ménelippe, Pentésilée, tels que les donne avec leurs blasons, le *roman de Jouvencel* de la Bibl. Imp. f. Notre-Dame, 205, xve siècle.

La salle basse était elle-même décorée avec un certain luxe, ainsi que le constatent la cheminée qui existe encore en partie, les corbeaux qui portent les poutres et les fragments du portique.

Les tours d'Artus, d'Alexandre, de Godefroi de Bouillon et d'Hector, contiennent chacune un cachot en cul de basse-fosse, c'est-à-dire dans lequel on ne peut pénétrer que par une ouverture pratiquée au sommet de la voûte en calotte ogivale. De plus, la tour d'Artus renferme des oubliettes.

Il n'est pas un château dans lequel les *guides* ne nous fassent voir des oubliettes, et généralement ce sont les latrines qui sont décorées de ce titre, et que l'on suppose avoir englouti des victimes humaines sacrifiées à la vengeance des châtelains féodaux ; mais cette fois il nous paraît difficile de ne pas voir de véritables *oubliettes* dans la tour sud-ouest du château de Pierrefonds. Au-dessous du rez-de-chaussée est un étage voûté en arcs ogives ; et au-dessous de cet étage, une cave d'une profondeur de 7 mètres, voûtée en calotte elliptique. On ne peut descendre dans cette cave que par un œil percé à la partie supérieure de la voûte, c'est-à-dire au moyen d'une échelle ou d'une corde à nœuds ; au centre de l'aire de cette cave circulaire est creusé un puits qui a 14 mètres de profondeur, puits dont l'ouverture de 1^{m},30 de diamètre correspond à l'œil pratiqué au centre de la voûte elliptique de la cave. Cette cave, qui ne reçoit de jour et d'air extérieur que par une étroite meurtrière, est accompagnée d'un siége d'aisances pratiqué dans l'épaisseur du mur. Elle était donc destinée à recevoir un être humain, et le puits creusé au centre de son aire était probablement une tombe toujours ouverte pour les malheureux que l'on voulait faire disparaître à tout jamais.

D'ailleurs la tour d'Artus n'était pas éloignée du corps de garde et placée à l'extrémité de la grand'salle ou le seigneur rendait la justice.

L'étage inférieur de la chapelle était réservé au service du chapelain et la tour de Josué ne contenait guère, à tous ses étages, que des latrines pour la garnison logée de ce côté du château. Au bas de la courtine de gauche de la tour de Josué, en P, est une poterne masquée par le boulevard. Cette poterne s'ouvre sur des passages souterrains qui ne communiquaient aux étages supérieurs que par des escaliers de bois, sortes d'échelles pouvant être enlevées. A côté de la poterne est un porte-voix se divisant en deux conduits, l'un aboutissant dans la salle 1 au premier étage, l'autre dans la salle 2 au rez-de chaussée. Ce deuxième branchement, incliné à 45°, était assez large pour qu'on y pût faire monter ou descendre un homme couché sur un traîneau sans ouvrir une seule porte ou poterne. C'était une véritable sortie pour des messagers ou pour des espions en cas d'investissement.

Il fallait, pour faire ouvrir la poterne à une ronde rentrante, qu'un poste supérieur fût prévenu. Une fois la ronde entrée par la poterne P, il était nécessaire qu'elle connût les distributions intérieures du château ; car pour parvenir à la cour, elle devait passer par l'escalier mobile de bois et par un poste d'entre-sol au-dessous du niveau de la cour. Si une troupe ennemie s'introduisait par la poterne P, trois couloirs

Château de [illegible]

avant sa restauration —

se présentaient à elle; deux sont des impasses, le troisième aboutit à une cave fermée par une porte, puis à l'escalier 3. Avant de se reconnaître dans ces couloirs obscurs, des gens ignorant les êtres du château perdaient un temps précieux.

Si les dispositions défensives du château de Pierrefonds n'ont pas la grandeur majestueuse de celles du château de Coucy, elles ne laissent pas d'être combinées avec un art, un soin et une recherche dans les détails, qui prouvent à quel degré de perfection étaient arrivées les constructions des places fortes seigneuriales à la fin du XIVe siècle, et jusqu'à quel point les châtelains, à cette époque, savaient se garder.

Nous avons vainement cherché les restes des aqueducs qui devaient nécessairement amener de l'eau dans l'enceinte du château de Pierrefonds. Nulle trace de puits dans cette enceinte, non plus que dans la basse-cour. Les approvisionnements d'eau étaient donc obtenus au moyen de conduits qui allaient recueillir les sources que l'on rencontre sous le sol des collines se rattachant au plateau ; ou bien, des citernes étaient établies du côté de la chapelle au-dessous du sol de la cour, dans les caves qui existent encore sur ce point. Tout ce qui est nécessaire à la vie journalière d'une nombreuse garnison et à sa défense est trop bien prévu ici, pour laisser douter du soin apporté par les constructeurs dans l'exécution des aqueducs; toutefois, jusqu'à présent, on n'a pu découvrir la trace de ces conduits.

Une vue cavalière restaurée du château de Pierrefonds, bien que faite avant les découvertes dues aux récents travaux ordonnés par l'Empereur, prise du côté des lices du nord, fera à peu près saisir l'ensemble de ces dispositions (voy. fig. 3).

Fig. 3. — Vue restaurée du château de Pierrefonds.

Si l'on examine les constructions du château de Pierrefonds, il sera facile de se faire une idée du programme rempli par l'architecte. Vastes magasins au rez-de-chaussée avec le moins d'issues possible. Sur les dehors, du côté de l'entrée, qui est le plus favorable à l'attaque, énormes et massives tours pleines dans la hauteur du talus, et pouvant résister à la sape. Du côté de la poterne T, courtine de garde très-épaisse et haute, avec cour intérieure entre cette courtine et le logis ; seconde poterne pour passer de cette première cour dans la cour principale. Comme surcroît de précaution, de ce côté, très-haute tour carrée enfilant le logis sur deux de ses faces, commandant toute la cour *t* et aussi les dehors, avec échauguettes au sommet flanquant les faces mêmes de la tour carrée. D'ailleurs, possibilité d'isoler les deux tours rondes et la tour carrée en fermant les étroits passages donnant dans le logis, et de rendre ainsi la défense indépendante de l'habitation. Possibilité de communiquer d'une de ces tours aux deux autres par les chemins de ronde supérieurs, sans passer par les pièces destinées à l'habitation. Outre la porte du château et le grand escalier avec perron, issue particulière pour la tour carrée, soit par la petite porte de l'angle rentrant, soit par l'escalier de la chapelle. Issue particulière de la tour Charlemagne par la courtine, dans laquelle est percée la poterne, et par les escaliers de la chapelle. Issue particulière de la tour César par les salles situées au-dessus de cette porte et l'escalier qui descend de fond. Communication facile établie entre les tours et les défenses du château par les chemins de ronde. Logis d'habitation se défendant lui-même, soit du côté de la cour *t*, soit du côté de l'entrée du château, au moyen de crénelages et mâchicoulis à la base des pignons.

Ce logis, bien protégé du côté du dehors, masqué, flanqué, n'ayant qu'une seule entrée pour les appartements, celle du perron, et cette entrée, placée dans la cour d'honneur, commandée par une des faces de la tour carrée. Impossibilité à toute personne n'étant pas familière avec les distributions du logis de se reconnaître à travers ces passages, ces escaliers, ces détours, ces issues secrètes ; et pour celui qui habite, facilité de se porter rapidement sur quelque point donné des défenses, soit du donjon lui-même, soit du château. Facilité de faire des sorties si l'on est attaqué. Facilité de recevoir des secours ou provisions par la poterne T, sans craindre les surprises, puisque cette poterne s'ouvre dans une première cour qui est isolée et ne communique à la cour principale que par une seconde poterne dont la herse et la porte barrée sont gardées par les gens du donjon. Belles salles bien disposées, bien orientées, bien éclairées; appartements privés avec cabinets, dégagements et escaliers particuliers pour le service. Certes il y a loin du donjon de Coucy, qui n'est qu'une tour où chefs et soldats devaient vivre pêle-mêle, à ce dernier donjon, qui, encore aujourd'hui, serait une habitation agréable et commode ; mais à la vérité les mœurs féodales des seigneurs du xve siècle ne ressemblaient guère à celles des châtelains du commencement du xiiie.

Nous donnons, figure 4, la face Est du donjon prise du dehors. En A, on voit la grosse tour du coin, celle dite de Charlemagne, puis les deux pignons des logis, puis la tour carrée du donjon. La chapelle est en C. Entre la tour A et la chapelle, s'élève la grande courtine qui masque la cour des approvisionnements.

Au milieu de cette courtine est la poterne relevée permet-

Fig. 4. — Élévation du donjon.

tant d'introduire des munitions dans la place sans ouvrir les portes et sans encombrer la cour d'honneur. Comme construction, rien ne peut rivaliser avec le donjon de Pierrefonds ; la perfection de l'appareil, de la taille, de la pose de toutes les assises réglées et d'une hauteur uniforme de 0^{m},33 (un pied), est faite pour surprendre les personnes qui pratiquent l'art de bâtir. Dans ces murs d'une hauteur peu ordinaire et inégaux d'épaisseur, nul tassement, nulle déchirure ; tout cela a été élevé par arasements réguliers ; des chaînages, on n'en trouve pas trace, et bien qu'on ait fait sauter les deux grosses tours par la mine, que les murs aient été sapés du haut en bas, cependant les parties encore debout semblent avoir été construites hier. Les matériaux sont excellents, bien choisis, et les mortiers d'une parfaite résistance. Les traces nombreuses de boiseries, d'attaches de tentures que l'on aperçoit encore sur les parois intérieures du donjon de Pierrefonds, indiquent assez que les appartements du seigneur étaient richement décorés et meublés, et que cette résidence réunissait les avantages d'une place forte du premier ordre à ceux d'une habitation plaisante située dans un charmant pays. L'habitude que nous avons des dispositions symétriques dans les bâtiments depuis le XVIIe siècle fera paraître étranges peut-être les irrégularités que l'on remarque dans le plan du donjon de Pierrefonds. Mais l'orientation, la vue, les exigences de la défense, exerçaient une influence majeure sur le tracé de ces plans. Ainsi, par exemple, le biais que l'on remarque dans le mur oriental du logis (biais qui est inaperçu en exécution) est évidemment imposé par le désir d'obtenir des jours sur le dehors d'un côté où la campagne présente de charmants points de vue, de laisser la place nécessaire au flanquement de la tour carrée, ainsi qu'à la poterne intérieure entre cette tour et la chapelle; la disposition du plateau ne permettant pas d'ailleurs de faire saillir davantage la tour contenant cette chapelle, qui est orientée. Le plan de la partie destinée aux appartements est donné par les besoins mêmes de cette habitation, chaque pièce n'ayant que la dimension nécessaire. En élévation, les différences des hauteurs des fractions du plan sont de même imposées par les nécessités de la défense ou de l'habitation.

Mais ce qui doit attirer particulièrement l'attention des visiteurs dans cette magnifique résidence, c'est le système de défense nouvellement adopté à la fin du XIVe siècle. Chaque portion de courtine est défendue à la partie supérieure par deux étages de chemins de ronde, l'étage inférieur étant muni de mâchicoulis, créneaux et meurtrières; l'étage supérieur sous le comble, de créneaux et meurtrières seulement.

Les sommets des tours possèdent trois et quatre étages de défenses, un chemin de ronde avec mâchicoulis et créneaux au niveau de l'étage supérieur des courtines, un étage de créneaux, meurtrières intermédiaires, et un parapet crénelé autour des combles. Si l'on s'en rapporte à une vignette assez ancienne (XVIe siècle), la tour d'Alexandre, bâtie au milieu de la courtine de l'ouest, vers le bourg, possédait quatre étages de défenses. Des guettes très-élevées surmontaient celles de Charlemagne et de César. Malgré la multiplicité de ses défenses, le château pouvait être garni d'un nombre de défenseurs relativement restreint, car ces défenses sont disposées avec ordre, les communications entre elles sont faciles, les courtines sont bien flanquées par des tours saillantes et rapprochées. Les rondes peuvent se faire de plain-

Fig. 5. — Tour nord-est restaurée du château de Pierrefonds.

pied tout autour du château à la partie supérieure, sans être obligées de descendre des tours sur les courtines, et de remonter de celles-ci dans les tours, ainsi qu'on était forcé de le faire dans les châteaux des XIIe et XIIIe siècles.

La figure 5 donne la partie supérieure d'une des tours d'angle, avec les chemins de ronde des courtines et les crénelages à la base des combles.

On remarquera qu'aucune meurtrière n'est percée à la base des tours. Ce sont les crénelages des murs extérieurs des lices, aujourd'hui détruits, et les boulevards, qui seuls défendaient les approches. La garnison, forcée dans ces premiers ouvrages, se réfugiait dans le château, et occupant les étages supérieurs, bien couverts par de bons parapets, elle écrasait les assaillants qui tentaient de s'approcher du pied des remparts.

Bertrand du Guesclin avait attaqué quantité de châteaux bâtis pendant les XIIe et XIIIe siècles, et, profitant du côté faible des dispositions défensives de ces places, il faisait le plus souvent appliquer des échelles le long de leurs courtines basses en ayant le soin d'éloigner les défenseurs par une grêle de projectiles; il brusquait l'assaut et prenait les places autant par eschelades que par les moyens lents de la mine et de la sape. La description du château du Louvre, donnée par Guillaume de Lorris au XIIIe siècle, dans le *Roman de la rose*, fait connaître que la défense des anciens châteaux des XIIe et XIIIe siècles exigeait un grand nombre de postes divisés, se défiant les uns des autres et se gardant séparément. Ce mode de défense était bon contre des troupes n'agissant pas avec ensemble et procédant, après un investissement préalable, par une succession de siéges partiels ou par surprise; il était mauvais contre des armées disciplinées, entraînées par un chef habile, qui, abandonnant les voies suivies jusqu'alors, faisait sur un point un grand effort, enlevait les postes isolés sans leur laisser le temps de se reconnaître et de se servir de tous les détours et obstacles accumulés dans la construction des forteresses. Pour se bien défendre dans un château du XIIIe siècle, il fallait que la garnison n'oubliât pas un instant de profiter de tous les détails infinis de la fortification. La moindre erreur ou négligence rendait ces obstacles non-seulement inutiles, mais même nuisibles aux défenseurs; et dans un assaut brusqué, dirigé avec énergie, une garnison perdait ses moyens de résistance à cause même de la quantité d'obstacles qui l'empêchait de se porter en masse sur le point attaqué. Les défenseurs, obligés de monter et de descendre sans cesse, d'ouvrir et de fermer quantité de portes, de filer un à un dans de longs couloirs et des passages étroits, trouvaient la place emportée avant d'avoir pu faire usage de toutes leurs ressources. Cette expérience profita certainement aux constructeurs des forteresses à la fin du XIVe siècle; ils donnèrent plus de relief aux courtines pour se garantir des eschelades, n'ouvrirent plus de meurtrières dans les parties basses des ouvrages, mais les renforcèrent par des talus qui avaient encore l'avantage de faire ricocher les projectiles tombant des mâchicoulis; ils mirent les chemins de ronde et courtines en communication directe, afin de présenter, au sommet de la fortification, une ceinture non interrompue de défenseurs pouvant facilement se rassembler en nombre sur le point attaqué et recevant les ordres avec rapidité; ils munirent les mâchicoulis de parapets solides bien crénelés, et couverts, pour garantir les hommes contre les projectiles lancés du dehors. Les chemins de ronde s'ouvraient sur les salles supérieures servant de logement aux troupes sûres (les bâtiments étant alors adossés aux courtines), les soldats pouvaient ainsi à toute heure et en un instant occuper la crête des remparts.

Le château de Pierrefonds remplit exactement ce nouveau programme. Nous avons fait le calcul du nombre d'hommes nécessaires pour garnir l'un des fronts de ce château : ce nombre pouvait être réduit à soixante hommes pour les grands fronts et à quarante pour les petits côtés. Or, pour attaquer deux fronts à la fois, il faudrait supposer une troupe très-nombreuse, deux mille hommes au moins. tant pour faire les approches que pour forcer les lices, s'établir sur les terre-pleins, faire approcher les engins et les protéger. La défense avait donc une grande supériorité sur l'attaque. Par les larges mâchicoulis des chemins de ronde inférieurs, elle pouvait écraser les pionniers qui auraient voulu s'attacher à la base des murailles. Pour que ces pionniers pussent commencer leur travail, il eût fallu, soit creuser des galeries de mine, soit établir des galeries de bois; ces opérations exigeaient beaucoup de temps, beaucoup de monde et un matériel de siége. Les tours et courtines sont d'ailleurs renforcées à la base par un empatement qui double à peu près l'épaisseur de leurs murs, et la construction est admirablement faite en bonne maçonnerie, avec revêtement de pierre de taille. Les assaillants se trouvaient, une fois dans les lices, sur un espace étroit, ayant derrière eux un précipice et devant eux de hautes murailles couronnées par plusieurs étages de défenses; ils ne pouvaient se développer, leur grand nombre devenait un embarras; exposés aux projectiles de face et d'écharpe, leur agglomération sur un point devait être une cause de pertes sensibles; tandis que les assiégés, bien protégés par leurs chemins de ronde couverts, dominant la base des remparts à une grande hauteur, n'avaient rien à redouter et ne perdaient que peu de monde. Une garnison de trois cents hommes pouvait tenir en échec un assiégeant dix fois plus fort pendant plusieurs mois.

Si, après s'être emparé des terrasses, des boulevards et de l'esplanade de Pierrefonds, l'assiégeant voulait attaquer le château par le côté de l'entrée, il lui fallait prendre le châtelet, combler un fossé très-profond, enfilé par la grosse tour du donjon et par la tour de coin ; sa position était plus mauvaise encore, car soixante hommes suffisaient largement sur ce point pour garnir les défenses supérieures; et, pendant l'attaque, une troupe faisant une sortie par la poterne P allait prendre l'ennemi en flanc. Les deux grosses tours de César et de Charlemagne, tenant au donjon, au logis seigneurial, sont couronnées par un système défensif qui permet d'empêcher toute approche. Le chemin de ronde des mâchicoulis donne dans une salle percée d'un grand nombre d'ouvertures. Le dallage de cette salle posé sur voûte est placé à 2 mètres en contre-bas du sol des mâchicoulis, de sorte qu'on peut approvisionner, dans ce réservoir, une masse énorme de projectiles. Des servants les passent aux défenseurs qui se tiennent sur le chemin de ronde; le capitaine, posté à un niveau supérieur, sur un balcon intérieur, voit toute la campagne et les abords par un grand nombre d'ouvertures; il peut ainsi donner des ordres à ses hommes sans que ceux-ci aient à s'inquiéter des dispositions de l'ennemi.

Chacun agit à son poste, sans perte de temps et sans confusion. Le châtelain de Pierrefonds pouvait donc, à l'époque où ce château fut construit, se considérer comme à l'abri de toute attaque, à moins que le roi n'envoyât une armée de plusieurs mille hommes bloquer la place et faire un siége en règle.

L'artillerie à feu seule devait avoir raison de cette forteresse, et l'expérience prouva que, même devant ce moyen puissant d'attaque, la place était bonne. Pendant la Ligue, la place de Pierrefonds tenait pour les *Seize*, et était confiée au commandement d'un certain seigneur de Rieux, gouverneur de Marle, et en dernier lieu de Laon et du château de Pierrefonds (1).

Ce Rieux était venu à Paris en 1591 avec sa compagnie, le 16 novembre, pour prêter main-forte aux Seize, qui firent arrêter ce jour-là grand nombre de gens qu'ils pensaient leur être contraires (2). Il était grand pillard, avait fait ses preuves pendant l'expédition des ligueurs au comté de Montbéliard en 1588 (3) et s'était fait grandement redouter dans les campagnes du Soissonnais et jusqu'aux environs de Paris. « Il » faut, » lui fait dire l'auteur de la *Satire Ménippée*, « qu'il y » ait quelque chose de divin en la Sainte-Union, puisque par » son moyen, de commissaire d'artillerie assez malotru, je » suis devenu gentilhomme, et gouverneur d'une belle forte- » resse : voire que je me puis égaler aux plus grands, et suis » un jour pour monter bien haut à reculons, ou autrement (4).

(1) Voyez, dans la *Satire Ménippée*, le discours de Rieux.

(2) Voyez le *Journal* de J. Vaultier de Senlis du 13 mai 1588 au 16 juin 1598 (*Monuments inéd. de l'hist. de France*, 1400-1600, publié par A. Bernier, avocat, 1835).

(3) *Mém. de la Ligue*, t. III, p. 712 et suiv.

(4) Allusion au gibet auquel il fut attaché plus tard.

» J'ay bien occasion de vous suivre, monsieur le Lieutenant (1), » et faire service à la noble Assemblée, à bis ou à blanc, à » tort ou à droit, puisque tous les pauvres prestres, moynes » et gens de bien, dévots catholiques, m'apportent des chan- » delles et m'adorent comme un saint Maccabée au temps » passé. C'est pourquoi je me donne au plus viste des diables, » que si aucun de mon gouvernement s'ingère de parler de » paix, je le courray comme un loup gris. Vive la guerre! » il n'est que d'en avoir, de quelque part qu'elle vienne. Je » vois je ne sçay quels dégoustez de nostre Noblesse qui par- » lent de conserver la Religion et l'État tout ensemble; et » que les Espagnols perdront à la fin l'un et l'autre, si on les » laisse faire. Quant à moy, je n'entends point tout cela : » pourveu que je lève toujours les tailles et qu'on me paye » bien mes appointements, il ne me chaut que deviendra le » Pape, ny sa femme. Je suis après mes intelligences pour » prendre Noyon.... »

Rieux avait pour proche parent Henri de Sauveulx ou de Savereulx, prêtre, religieux et chanoine régulier de l'abbaye de Saint-Jean des Vignes à Soissons. Cet Henri de Sauveulx, ayant obtenu la permission de ses supérieurs de prendre les armes pour la *foi*, s'était enfermé à Pierrefonds avec le seigneur de Rieux. Tous deux tentèrent de surprendre Noyon, et y entrèrent en effet; mais laissés sans secours, Rieux fut fait prisonnier, et son parent étant parvenu à s'échapper, rentra dans son monastère.

A la date du 11 mars 1594, on lit dans le journal de J. Vaultier : « M. de Rieux étant prisonnier dans Compiègne, » son procès lui fut fait par M. Miron, maître des requestes de

(1) Le duc de Mayenne.

» l'hôtel du roy; et, par son jugement, il fut pendu et étran-
» glé; lequel étoit lors gouverneur de Laon et en son lieu de
» Pierrefonds y avoit établi M. d'Arcy, son oncle, pour le gou-
» vernement d'iceluy, pour le parti de la Ligue.

La présence de ce nouveau gouverneur de Pierrefonds pour la Ligue est encore mentionnée à la date du 20 juin 1594 (1) :
« Ledit jour le seigneur d'Arcy, oncle dudit défunt sieur
» de Rieux, gouverneur de Pierrefonds, qui avoit naguères
» mandé à Sa Majesté qu'il tenoit la place pour lui, et à l'oc-
» casion d'une querelle qu'il avoit contre quelque personne,
» il lui prioit lui donner la garde d'icelui; de quoi le seigneur
» Dupescher, en étant averti, et craignant qu'on n'y mît
» autre garnison qui l'eût grandement importuné, fut de la
» Ferté-Milon audit Pierrefonds avec deux pétards et intelli-
» gence qu'il y avoit pratiquée; et avec quelques soldats, ils
» entrèrent dedans, tuèrent ceux qui se mirent en défense,
» prirent prisonnier ledit seigneur d'Arcy et son fils, qui es-
» toient blessés; de quoi à l'instant la demoiselle sa femme
» décéda d'effroi : et étant assuré de la dite place, après y
» avoir laissé garnison et pourveu à tout, il se retira à la
» Ferté-Milon. »

Ce sire Dupescher tenait également pour la Ligue et ne rendit le château de la Ferté-Milon au roi, que le 11 septembre 1594 (2). Il est à croire que le château de Pierrefonds fut livré en même temps, car à la date du 10 août 1595 le journal de J. Vaultier relate ce fait : « Un religieux de Soissons,
» cousin du défunt de Rieux, voyant que Pierrefonds était au
» roi, et connaissant le secret d'icelui, par intelligence de

(1) *Journal* de J. Vaultier de Senlis.
(2) *Journal* de J. Vaultier de Senlis.

» quelques soldats, prit le château et y introduisit les Espa- » gnols qui le gardèrent encore pour la Ligue et en expulsè- » rent la garnison de M. d'Estrées que Sa Majesté avoit com- » mis à la garde d'icelui. Ledit religieux, aussitôt que les » Espagnols furent jouissans de Pierrefonds, fut envoyé par » eux au bureau d'Arras pour avoir récompense, mais en y » allant, il fut fait prisonnier des gens du roi auquel il fut » présenté; et eut telle récompense que l'avoit eue le sei- » gneur de Gomeron, gouverneur de Ham, ci-dessus nom- » mé (1). »

Ce religieux, cousin de Rieux, est H. de Sauveulx, mais Vaultier se trompe en quelques points. Des renseignements inédits qui nous ont été fournis avec une extrême obligeance par M. d'Harriet, archiviste de l'hôpital de Saint-Louis-des-Français, à Madrid, fondé par le même de Sauveulx, lorsqu'il se fut réfugié en Espagne, jettent un jour tout nouveau sur cette dernière période de l'histoire de Pierrefonds (2). D'après ces documents, de Sauveulx sort une deuxième fois en 1595 de son monastère, toujours autorisé par son prieur, et de plus par un bref personnel du pape. H. de Sauveulx, aidé d'un certain Jérôme Dentici, sergent-major (*sergeante maïor*) dans la légion napolitaine en garnison à Soissons, et d'une vingtaine de ses hommes, escalade la nuit les murs de la place avec des échelles de cordes jetées par des soldats gagnés, et chasse la garnison.

Maître de Pierrefonds, H. de Sauveulx déclare au comte

(1) Le seigneur de Gomeron avait eu la tête tranchée par les Espagnols.

(2) M. Prioux, l'infatigable explorateur des documents sur le Soissonnais, nous a mis le premier sur la voie de ces pièces déposées aux archives de l'hôpital Saint-Louis-des-Français de Madrid.

de Fuentès, gouverneur général des provinces belgiques, qu'il tient la place et la veut défendre au nom du roi des Espagnes. Il n'y met aucune condition, bien que le château soit bien à lui, l'ayant pris en légitime guerre, et pouvant, pour le livrer au roi Philippe, en exiger une forte somme *comme bien d'autres ont fait*. Le comte de Fuentès lui envoie, pour y tenir garnison, sept cents Napolitains et trois cents Wallons, et le nomme capitaine et gouverneur de la place.

H. de Sauveulx fortifie sa conquête, y fait entrer des vivres pour un an, des armes, munitions et artillerie. Il dépense de ses deniers et sur la bourse de ses amis 20 000 ducats pour subvenir à ces préparatifs de défense.

Cependant dès le 15 août « M. de Maniquant (1) avec son » régiment et plusieurs compagnies de Sa Majesté, investirent » ledit château de Pierrefonds, afin que l'ennemi ne sortît et » que les autres n'entrassent. »

H. de Sauveulx est assiégé à trois reprises (1595) par les troupes de Henri IV, essuie d'innombrables coups de canon (1174 en un seul siége), sans que l'ennemi le puisse entamer. Pendant l'un de ces siéges, le duc d'Épernon est blessé, mais H. de Sauveulx, mandé à Cambrai par le comte de Fuentès, tombe dans une embuscade et est pris. Le roi Henri IV, à Péronne, veut le voir et l'engage à se soumettre; il lui fait offrir, par le comte de Nevers, l'abbaye de Saint-Corneille de Compiègne, et 10 000 couronnes d'or comptant, s'il veut livrer Pierrefonds au roi. H. de Sauveulx refuse tout; condamné à mort, il parvient à s'évader la veille de la Toussaint (1595), et se réfugie en Belgique. La place de Pierrefonds est

(1) *Journal* de J. Vaultier.

alors vendue par les troupes napolitaines 18 000 ducats à Henri IV (1). H. de Sauveulx fait valoir ses droits à une pension auprès de Philippe III, en récompense des services rendus par lui à sa Majesté Très-Catholique ; il s'adresse aux « très-nobles et très-illustres consuls, échevins et sénat de » Bruxelles, par son représentant Remy Pavillon, docteur en » théologie, afin d'obtenir qu'une commission soit nommée, » laquelle, sur la déposition de plusieurs nobles français, ré- » fugiés en Belgique, informe sur sa vie, ses mœurs, sa reli- » gion et sa noblesse. Cette commission, composée d'un » échevin et des secrétaires de la ville de Bruxelles, entend » les témoignages de Mathias la Bruïère, propriétaire civil de » Paris, réfugié depuis cinq ans et demi ; de Michel de Bla- » non, seigneur temporel de Charmes, réfugié, autrefois » gouverneur de la ville de Véli, pensionné de Sa Majesté » Très-Catholique ; de Jean Seillier, receveur général des » consignations de la ville de Paris ; de Jacques de Colas, » comte de la Fère, sénéchal de Montlimar ; de Mathieu de » Lannoy, prêtre, docteur en théologie, chanoine de la cathé- » drale de Soissons ; de Gaspard Darloys, noble écuyer, pen- » sionné par Sa Majesté Très-Catholique ; de Jacques de Bru- » naulieu, noble français, réfugié pour la foi. » Sur les

(1) Voici ce que dit le *Journal* de J. Vaultier à propos de cette reddition : Le « dimanche 29 octobre 1595, M. d'Estrée qui était audit siége de Pierrefonds et par » le moyen du seigneur de Poncenac, gouverneur de Soissons, qui commençait à » penser à sa conscience, ledit château de Pierrefonds lui fut rendu, moyennant » 3500 écus qui furent délivrés auxdits Espagnols, en sortant bagues et armes » sauves, et conduits en assurance jusques à La Fère, qui tenait encore pour eux. » Le rapprochement de ces dates, celle de la prise du château 29 octobre et de la fuite de H. de Sauveulx le 31, ferait croire que le roi, une fois le château pris, laissa partir le moine au lieu de le faire pendre. Peut-être même l'élargissement du religieux fut-il une des conditions de la reddition du château, ce qui ferait honneur à la garnison wallonne.

dépositions de ces personnages, et d'après un mémoire et une relation dressés, est remise une consultation de sept avocats et neuf théologiens, appuyant les prétentions de H. de Sauveulx, sont rendus divers arrêts royaux, un avis du conseil des finances, etc. (1). H. de Sauveulx passa cinq ans en Belgique au service du roi d'Espagne. Les témoins interrogés à Bruxelles en juin 1600, plusieurs gens de guerre, tous intéressés aux événements, ne font néanmoins nulle mention de la remise de Pierrefonds aux gens du roi de France, par suite de la trahison des Napolitains. Seul, un second document en parle à Madrid, et il est rédigé sous l'inspiration de H. de Sauveulx, mais pas avant le 15 janvier 1600. Il semblerait donc que la place de Pierrefonds demeura cinq ans aux mains des gens du roi d'Espagne; toutefois les documents français détruisent cette conjecture.

La consultation des sept avocats et des neuf théologiens comprise dans le deuxième document déclare que le roi d'Espagne devait indemniser *en conscience* le sieur H. de Sauveulx, parce que celui-ci avait perdu une valeur de 300 000 ducats en fournitures de vivres, de munitions et armes, en meubles, joyaux, bénéfices, offices et ventes. Le château seul de Pierrefonds lui valait 10 000 ducats de rente annuelle, car dit le document « c'était une place de telle force et impor- » tance, que la charge de gouverneur de Pierrefonds fut ache- » tée pendant la Ligue 32 000 ducats d'or. » H. de Sauveulx fut nommé en 1601 *capellan des asiento*, chapelain en titre de Castille, aux honoraires de 40 ducats par an. Le 8 février

(1) Tous ces documents sont déposés en originaux dans les archives de l'hôpital de Saint-Louis-des-Français, à Madrid.

1596 (étant encore en Belgique), il fut nommé prieur de l'armée aux gages de 1200 ducats par an.

La même année, on lui fit en Flandre 40 écus de recette par mois. En septembre 1600, on lui donna à Madrid 480 sous de pension ecclésiastique annuelle, etc., etc.

H. de Sauveulx mourut dans cette ville en septembre 1633.

Quant à la garnison des vieux ligueurs, compagnons de Rieux, elle finit misérablement. Le journal de J. Vaultier signale d'abord à la date du 25 novembre 1594, huit d'entre eux qui furent pris à Saint-Germain-en-Laye « et furent » pendus tout à l'instant, armés et bottés, qui étoient là venus » pour faire quelques bons prisonniers qu'ils eussent menés » dans leur forteresse.... » Puis à la date du 14 octobre 1595 il ajoute : « Furent encore pendus en cette ville (de Senlis), » sept voleurs de Pierrefonds, pris çà et là, pour ce qu'ils ne » faisaient plus leurs retraites, attendu qu'il étoit assiégé, » et, depuis iceux, il en fut exécuté quelque quatre-vingts, » tant en cette ville que à Compiègne. »

La place de Pierrefonds était devenue si redoutable pour tous les environs et jusqu'aux portes de Paris, qu'après la remise du château aux gens du roi de France, le prévôt des marchands et les échevins de Paris adressèrent, le 6 novembre 1595, une circulaire ainsi conçue aux notables des villes de Compiègne, de Crespy et de Meaux (1).

« Messieurs, vous avez entendu la reprise du château de » Pierrefonds et sçavez combien ceste place a apporté d'in» commodité tant à ceste ville que aultres, et pour mettre fin

(1) Ce document indique clairement qu'au moment de la fuite de H. de Sauveulx en Belgique, la place avait été rendue au roi Henri IV par la garnison napolitaine.

» à pareils accidens nous sommes requis de plusieurs per-
» sonnes supplier le roy ladicte place estre desmolie et razée, » et prévoyons qu'il y pourra avoir quelque empeschement, » et d'aultant que ceste affaire vous importe, nous vous » prions voulloir depputer quelques uns des vostres pour » nous venir trouver et adviser ensemblement les moyens » pour faire trouver bon à Sa Majesté la démolition de la- » dicte place, priant Dieu, messieurs, vous donner ce que » désirez. »

» A Paris, au bureau de la ville, le 16 novembre 1595.

» Le prévost des marchands et eschevins de la ville de » Paris (1). »

Nous n'avons pu découvrir si la démarche fut faite auprès de Henri IV ; mais ce qui est certain, c'est que le bon roi ne fit pas démolir le château, qu'il le considéra comme une des résidences royales les plus importantes, et qu'il en fit peindre le plan et la vue extérieure dans la galerie des Cerfs à Fontainebleau.

En 1616, le marquis de Cœuvre, capitaine de Pierrefonds, ayant embrassé le parti des mécontents, le conseil du roi décida que la place serait assiégée par le comte d'Angoulême gouverneur de Compiègne. Cette fois, elle fut attaquée avec méthode et en profitant de la disposition des collines environnantes. Des batteries, protégées par de bons épaulements qui existent encore, furent élevées sur la crête de la demi-lune de coteaux qui entourent le promontoire en partant de sa jonction avec le plateau, et sur un petit monticule s'avançant dans le vallon du côté du sud-est. Les ouvrages avancés ayant

(1) Cette curieuse pièce nous a été communiquée par M. le comte L. de Laborde, directeur général des Archives de l'empire.

été écrasés de feux, furent abandonnés par les assiégés; le comte d'Angoulême s'en empara aussitôt, y établit des pièces de gros calibre, et, sans laisser le temps à la garnison de se reconnaître ouvrit contre les grosses tours du donjon, la courtine sud, la poterne T et les deux tours d'Artus et d'Alexandre, un feu terrible qui dura deux jours sans relâche (1). A la fin du second jour, le 1er avril, une des grosses tours du donjon s'écroula, entraînant dans sa chute une partie des courtines environnantes. Le capitaine Villeneuve, qui commandait pour le marquis, s'empressa dès lors de capituler; la place fut évacuée le 2. Ce fut un an après que le conseil du roi Louis XIII, alors âgé de quinze ans, fit entièrement démanteler le château. Voici la lettre du roi au comte d'Angoulême, gouverneur de Compiègne, écrite le 16 mai 1617, reçue le 19 et enregistrée le 22 :

« Mon cousin, ayant encores depuis quelques jours considéré combien il estoit utile pour le bon repos et tranquillité de mes subjects de la province de l'Ile-de-France que, conformément à ma première intention, le chasteau de Pierrefonds feust démolis, et m'estant en mesme tems souvenu que je vous avois envoyé mes lettres patentes pour ce faire, j'ay estimé qu'il estoit raisonnable, trouvant le premier juste et nécessaire, de vous en adresser le second commandement et de vous depescher ce porteur exprès pour vous rendre ceste-cy et par le mesme vous asseurer de la continuation de ma bonne volonté et que je suis très-certain, puisque c'est chose que je désire, que en toute diligence et sans aucun délay vous ferez parachever la démolition

(1) Les boulets de fer trouvés dans les déblais pèsent 32 livres.

» dudit chasteau, et que je prie Dieu vous avoir, mon cousin,
» en sa sainte et digne garde.

» Écrit à Paris, le 16 de may 1617 (1). »

Le comte d'Angoulême exécuta dès lors les ordres du roi. On fit sauter les grosses tours par la mine; les logements furent détruits, les planchers et charpentes brûlés, les tours et courtines du nord éventrées à la sape, parce que de ce côté le voisinage immédiat du village ne permettait pas d'employer la mine.

Pendant la Révolution le château de Pierrefonds, dont les ruines dépendaient toujours du domaine de la Couronne, fut vendu comme bien national. En 1813, l'Empereur Napoléon Ier racheta le château 2700 fr. et le fit rentrer ainsi dans les dépendances de la forêt de Compiègne.

Depuis le commencement de l'année 1858, des travaux considérables de déblayement, puis de restauration, ont été entrepris au château de Pierrefonds, par ordre de l'Empereur Napoléon III et, en très-grande partie, à l'aide de crédits ouverts sur la cassette particulière de Sa Majesté.

L'Empereur a reconnu l'importance des ruines de Pierrefonds au point de vue de l'histoire et de l'art. Le donjon, le château et toutes les défenses extérieures reprennent leur aspect primitif; ainsi pourrons-nous voir bientôt le plus beau spécimen de l'architecture féodale du XVe siècle en France renaître par la volonté auguste du Souverain. Nous n'avons que trop de ruines dans notre pays, et les ruines, si pittoresques qu'elles soient, ne donnent guère l'idée de ce qu'étaient

(1) Renseignements communiqués par M. Pélassy de l'Oulle, bibliothécaire du château impérial de Compiègne.

ces habitations des grands seigneurs les plus éclairés du moyen âge, amis des arts et des lettres, possesseurs de richesses immenses. Le château de Pierrefonds, rétabli en totalité, fera connaître cet art à la fois civil et militaire qui, de Charles V à Louis XI, était supérieur à tout ce que l'on faisait alors en Europe. C'est dans l'art féodal du XVe siècle en France, développé sous l'inspiration des Valois, que l'on trouve en germe toutes les splendeurs de notre Renaissance, bien plus que dans l'imitation des arts italiens

FIN

Paris. — Imprimerie de E. Martinet, rue Mignon, 2.

www.ingramcontent.com/pod-product-compliance
Ingram Content Group UK Ltd.
Pitfield, Milton Keynes, MK11 3LW, UK
UKHW021946260726
13994UKWH00004B/1562